Birgid Windisch

Geschichten aus dem Pflegeheim

AF220960

Birgid Windisch

Geschichten aus dem Pflegeheim

Humorvolle Geschichten von besonderen Menschen

Impressum

Bibliografische Information der Deutschen
Nationalbibliothek:
Die Deutsche Nationalbibliothek verzeichnet diese
Publikation in der Deutschen Nationalbibliografie;
detaillierte bibliografische Daten sind im Internet über
http://dnb.dnb.de abrufbar.

© 2020 Birgid Windisch

Herstellung und Verlag: BoD – Books on Demand,
Norderstedt

ISBN: 9783751956505

**Für meine Eltern
Klaus und Helga Windisch**

**und alle
Pflegeheimbewohner**

Ausflüge und Erlebnisse

heiter bis wolkig

Inhaltsverzeichnis

1. Hurra, ich darf Beschäftigung machen!

Ich wollte unbedingt Altenpflegerin werden, ein Beruf, den man vor einigen Jahren noch berufsbegleitend erlernen konnte.

Bevor ich meine Arbeitsstelle in einem Pflegeheim gefunden hatte, war ich schon in der Schule, um mich anzumelden.
Zum Glück fand ich kurz darauf meine Arbeit, in einem Pflegeheim für Alkoholiker und Abhängigkeitskranke.

Es waren also nicht alles alte Menschen, aber viele waren durch langjährigen Alkoholmissbrauch dement geworden, oder litten an anderen Krankheiten und einige waren schlicht alt.

Irgendwann, nach den Prüfungen, bemerkte meine Chefin, dass ich gut war in Beschäftigungstherapie und die Leute begeistern konnte, die meist unter chronischer Lustlosigkeit litten. Sie schlug vor, dass ich die Ergotherapeutin entlasten könnte. Der Arbeitsplan wurde umgeschrieben und ich wurde an zwei bis drei Tagen in der

Beschäftigungstherapie eingesetzt.

2. Ganzheitliches Gedächtnistraining

Da ich jedoch „nur" examinierte Altenpflegerin war, meinte mein Chef, ich müsse mir eine Fortbildung suchen, damit ich mich mehr auf die Beschäftigung konzentrieren und eine passende Ausbildung vorweisen könne.

Nach längerem Suchen, fand ich die Ausbildung zur ganzheitlichen Gedächtnistrainerin, die mich sehr ansprach - und meldete mich gleich an. Drei Ausbildungsblöcke, im Abstand von jeweils ungefähr einem dreiviertel Jahr, waren es. Voll motiviert war ich dabei und absolvierte die interessanten Schulstunden mit wachsender Begeisterung.
Alle anderen Schüler/innen arbeiteten in „normalen" Pflegeeinrichtungen, nur ich fiel mit meinem Klientel etwas aus dem Rahmen, aber das war kein Hindernis und ich schloss die Ausbildung erfolgreich ab.

Nun wollte ich mein Wissen auch anwenden. Außerdem war es auch dringend notwendig, denn vor allem das Kurzzeitgedächtnis ließ bei den meisten meiner Bewohner sehr zu wünschen übrig.

Also nahm ich das ganzheitliche Gedächtnistraining gleich an zwei Tagen in meinen Wochenplan auf.

Beim ersten Mal schlurften sie lustlos herein. „Was machst du heute? Gedächtnistraining?" Herr Schrumm schüttelte sich angewidert.
„Do mach isch nit mit!" und wollte schon wieder umdrehen.

„Halt, Herr Schrumm! Es gibt Kaffee und Plätzchen dazu!"
Herr Schrumm drehte sich umgehend wieder zu mir und setzte sich: „Na, des loss isch mer gefalle. Des bißje Gebabbel hool isch scho aus."

Ich musste lachen. Nachdem jeder eine volle Tasse Kaffee vor sich stehen hatte und der Plätzchenteller gut gefüllt in der Mitte stand, waren alle bereit.
Zum Aufwärmen gab es den obligatorischen Witz, den sie zum Umschalten in den Denkmodus brauchten und mir tat er zur Auflockerung auch gut.

Mit herzhaftem Gelächter ging es los. Diesmal hatte ich eine Sonne gemalt auf die große Tafel und

in die Mitte das Wort „Geld" geschrieben.
„Geld kommer immer brauche!" meldete sich Herr Ommel zu Wort.

Da waren sich alle einig, beifälliges Gemurmel.
„Wisst ihr denn Wörter, in denen dieses Wort vorkommt?" war meine Frage.
Klar wussten sie welche. **Geld**beutel, **Geld**sack, **Geld**geschenk, Weihnachts**geld**...es rappelte nur so und meine Sonnenstrahlen für jedes Wort einer, reichten gerade so aus.

Dann gab ich ein Säckchen in die Runde und jeder tastete darin herum. Ich hatte einige Münzen hineingetan und es ging darum, den Betrag zu ertasten.
Es waren genau 31 Cent und es ist nicht zu glauben, aber Herr Korn nannte sogar auf Anhieb den richtigen Betrag.
War das ein Hallo. „Und, bekommen wir jetzt was, einen Geldpreis zum Beispiel, weil wir so gut mitgemacht haben?" wollte Herr Schrumm augenzwinkernd wissen.

„Schön wärs, gell? Nein - leider nicht, ich hätte auch ein bisschen was gebrauchen können." antwortete ich.

Als sie keine Lust mehr hatten, linste ich schnell

um die Ecke, damit uns keiner zuhörte und dann machten wir die Brauereien von A bis Z durch.

Blumen hatten sie nicht so viel gewusst nach dem ABC, aber Brauereien fiel ihnen für jeden Buchstaben mindestens eine ein. Ich grinste wie ein Honigkuchenpferd. Mein Gedächtnistraining war ein voller Erfolg, noch beim Mittagessen ging es mit den Brauereien munter weiter und sie waren alle gut gelaunt und aßen trotz vorheriger Plätzchenspeisung mit gutem Appetit, denn die hatten sie bereits wieder vergessen.

Ich nahm mir vor, beim nächsten Mal mehr auf das Training des Kurzzeitgedächtnisses Wert zu legen, aber ein Erfolgserlebnis war auch wichtig, sonst verloren sie die Lust und ich wollte doch, dass sie wiederkamen und Spaß daran hatten.

3. Ein Cafè für uns!

Da die Zeit für Beschäftigung begrenzt war, die Bewohner aber oft Langeweile hatten und gerne ausgehen wollten, überlegte ich hin und her - was konnten wir tun, damit sie selbst etwas gegen ihre Langeweile tun konnten. Energie war nämlich wenig vorhanden bei den meisten.

Nur wenige konnten das Heim verlassen, denn es war ein geschlossenes Heim und wer rückfällig wurde, durfte 2 Wochen nicht hinaus. Bei jedem Zurückkommen wurde gepustet. Manche waren auch nicht mehr in der Lage, allein das Heim zu verlassen, sie hätten nicht mehr zurückgefunden.

Meine Idee schließlich war, Herrn Grummel, einen ehemaligen Gastwirt und Konditor, einzuspannen. Er erzählte oft und gern von seiner Gastwirtschaft und ich dachte, es wäre schön, wenn er etwas zu tun hätte, um ihm wieder mehr Selbstwertgefühl zu geben.

Ich machte mich gleich auf und unterbreitete ihm meinen Plan, nachdem ich zuvor die Erlaubnis meines Chefs eingeholt hatte. Ich malte Herrn

Grummel das Café und seine Rolle dabei, in den buntesten Farben aus.

Doch Herr Grummel, als ehemaliger Geschäftsmann, dachte natürlich als erstes an den Profit: „Lohnt sich das denn hier überhaupt?"

„Herr Grummel, ich hab das nicht als gewinnträchtiges Unternehmen geplant, sondern als Bereicherung für uns alle! Die Bewohner hätten einen Anlaufpunkt, wo sie sich treffen könnten und einen Kaffee trinken, reden und einfach zusammen sein - und sie hätten eine Aufgabe - so wie früher fast, wäre das nichts?"

„Und was würde ich dann an einem Kaffee verdienen?" war seine nächste Frage.

Ich druckste herum: „Naja, hier hat ja keiner Geld, ich dachte - 20 Cent!"

„20 Cent!!!! Das rentiert sich aber gar nicht!" Empört sah er mich an.

Ich erklärte noch eine Weile, was ich meinte und betonte, dass ich es ohne seine Hilfe nicht schaffen könnte und tatsächlich war er irgendwann einverstanden.

So hatte ich mir das nicht vorgestellt. Ich dachte, er würde sich freuen, wäre Feuer und Flamme, aber so wie es sich darstellte, war ich die einzige, die in Flammen stand!

Der Chef ließ eine Trennwand einziehen, mit einer

Theke, richtig nobel und wir stellten zu unserem großen Tisch noch zwei kleine Tischchen auf, dazu die jahreszeitliche Dekoration und schon sah es richtig gemütlich aus.

In der kleinen Küchennische wurde eine edle Stahlablage aufgestellt und ein paar Regale, dazu ein kleiner Grill für Toast und eine große Kaffeemaschine, alles auf dem Flohmarkt günstig erstanden. Ein paar Thermoskannen und einen günstigen Gefrierschrank für künftige selbstgebackene Kuchen und Torten, fanden wir auch.

Nun noch ein schmuckes Schild an die Tür mit dem Titel „Egons Café" und es konnte losgehen.

Zaghaft betraten die ersten Bewohner die Stätte unseres liebevollen Wirkens.
Eifrig bot ich ihnen Platz an und Egon erschien, mit Geschirrtuch um den Bauch, Blöckchen in der Hand und Geldtasche.
„Was gibt es denn hier?" Herr Ommel sah sich suchend um.
„Es gibt Kaffee und Käsekuchen mit Mandarinen vom Blech." antwortete Egon.
Den Kuchen hatten wir gemeinsam fabriziert. Ich war für die einfachen Arbeiten zuständig, wie den Teig und den Belag und Egon übernahm mit der

Teigkarte die Feinarbeiten.

Nicht zu glauben, wie schön jeder Kuchen aussah, der durch seine Hände gegangen war. Wie vom Konditor. Gelernt ist eben gelernt. Er war also sozusagen für das „Tuning" zuständig. Ein gutes Team waren wir!

Alle Cafebesucher bestellten Kaffee und Kuchen. Egon fing an zu schwitzen und zu murren, als er die Cents kassieren musste. Der Geldbeutel war schnell dick, aber drin war trotzdem nicht viel.

Ich konnte zusehen, wie ihm die Lust verging. Er hatte noch das Gewinndenken des Selbständigen, was ja auch gut war – nur eben bei dieser Aufgabe nicht förderlich.

Die Bewohner wollten gar nicht mehr raus aus dem Café, es gefiel ihnen sichtlich und so hatten wir eine winzig kleine Attraktion mehr.

Mich freute das sehr.

Nachdem Egon nach einigen Wochen die Lust daran verloren hatte, übernahmen die Leute vom betreuten Wohnen den Dienst für ihn und bekamen auch ein paar Euro dafür. Vor allem war es eine Aufgabe. Sie konnten üben, wieder ein „normales" Leben zu führen.

4. „Was – singen sollen wir auch noch?"

Singen ist bekannterweise eins der besten Gedächtnistrainingsmöglichkeiten. Also überlegte ich mir – da ich ja selbst sehr gerne sang – eine Singgruppe zu gründen.
Ich nahm sie gleich für Freitagnachmittag in den Wochenplan auf, schnappte meine Gitarre, machte ein paar Mappen zurecht mit alten Schlagern und suchte meine Leute zusammen.

„Was, singen sollen wir auch noch? Ne, da mach isch nit mit!" Herr Schrumm wehrte sich lautstark. Ebenso Herr Ommel, Herr Korn usw. Außer Gisela vom betreuten Wohnen, waren alle dagegen!
„Aber es gibt Kaffee und Plätzchen und ihr müsst nicht singen, ihr könnt auch nur zuhören!" waren meine schlagenden Argumente und sie zogen. Die meisten wanderten mir hinterher.
Ich hatte den obligatorischen Plätzchenteller in die Mitte gestellt und zwei Thermoskannen mit Kaffee.

An jedem Platz stand eine Tasse und daneben lag eine Liedermappe.
„Wos isn des?!" grölte Herr Schrumm laut.

„Das sind die Lieder, hört einfach zu, vielleicht habt ihr ja dann doch Lust, mitzusingen!"
„Isch nit," entschied Herr Schrumm.

Also fing ich einfach an. Gisela war begeistert. „Zwei kleine Italiener", „Cindy oh Cindy", „das kannst du mir nicht verbieten", „Marmor Stein und Eisen bricht" und spätestens bei „rote Lippen soll man küssen" brummten alle mit, ohne dass es ihnen auffiel. Gisela legte los und strahlte, als die Männer ihr bescheinigten, dass sie gut singen könne.
Die alten Schlager aus meines Vaters Notenkiste, waren ein voller Erfolg. Natürlich bekamen manche Mappen mit der Zeit Kaffeeränder, weil der Kaffee immer dabei sein musste, aber davon ließ ich mich nicht verdrießen und bald war unsere wöchentliche Singstunde nicht mehr wegzudenken.

5. Eine Zeitung, sind geschriebene Neuigkeiten

Einmal hatten wir im betreuten Wohnen einen Architekten, der wunderschöne Bilder und Illustrationen malen konnte. Nur wohin sollte er mit seinem Talent?

In meinem Kopf spukte immer wieder die Idee einer Zeitung herum und so fragte ich den Chef, ob das möglich sei. Ich musste nämlich jede Menge Kopien machen, wenn ich für jeden Bewohner und jede/n Angestellte/n eine Zeitung machen wollte. „Ja, machen sie nur!" sagte der Chef resigniert.

Das war der Startschuss für unsere Zeitung. Das Titelblatt lieferte unser Herr Warsteiner, der Architekt, mit einem Motiv aus unserer Stadt. Wunderschön - und dazu schrieb er den Titel: „Pflegeheim-News". Daraus wurde dann mit der Zeit - „unter uns" – „Pflegeheim-Zeitung", usw. Der Name wechselte noch einige Male, das Titelblatt auch und innen waren unsere gesammelten Werke zu lesen. Herr Warsteiner sammelte allerhand Wissenswertes und gestaltete damit einige Seiten. Unser Sportreporter Herr

Weißmann trug sportliche Ereignisse aus der Zeitung bei und ich schrieb jahreszeitliche Berichte, Geburtstage, Todestage, Informationen über neue Bewohner, oder neue Schwestern.

Ebenso verfasste ich einen Bericht, wenn wir etwas Besonderes erlebt hatten, wie Stadtbesichtigungen zum Beispiel, Ausflüge, Sehenswürdigkeiten und gestaltete die Rubrik – „Wer ist das?"

Dazu bat ich alle Bewohner und Mitarbeiter um ein Kinderfoto und einen Steckbrief mit ihren Vorlieben und Abneigungen, sowie Äußerlichkeiten und Geburtstage.
Dies fand auf einer DIN A-4-Seite Platz. Auf der benachbarten Seite war jeweils die Auflösung des letzten Preisrätsels, denn es gab immer einen Preis.

Meist war es, mit mir einen Kaffee trinken zu gehen, in einem Café, was für die Bewohner etwas Besonderes war.

6. Schon wieder gewonnen!

Das Problem dabei war, dass es immer derselbe Bewohner löste.
Die anderen hatten anscheinend keine Lust dazu.

Kaum hatte ich also die neue Zeitung verteilt, rannte mir schon Herr Korn mit einem Zettel hinterher, den er mir in die Hand drückte, mit der Lösung darauf.
Bis auf einmal war es immer richtig und wenn er sich nicht sicher war, bohrte er so lange nach bei mir, bis er mehr Details hatte und es dennoch herausfand.

Nachdem dies ein Jahr so gegangen war, wurde der Chef hellhörig. „Hat der Herr Korn schon wieder gewonnen?"
Ich musste mit betretenem Gesicht zugeben, dass das stimmte.
„Hmmm...das geht aber nicht, er darf immer in ein Café mit ihnen und die anderen nie."
Dabei übersah er völlig, dass Herr Korn auch der einzige war, der es löste.
Ich persönlich war froh, dass er dadurch etwas

mehr aus sich heraus ging. Er war nämlich ein sehr ruhiger und zurückhaltender Mensch. Das Rätsel hatte ihm Auftrieb gegeben und sein Selbstbewusstsein gestärkt. Das freute mich sehr.

So ließen wir langsam die Rubrik einschlafen, denn so langsam gingen mir auch die Kinderbilder aus. Erfreut stellte ich fest, dass Herr Korn trotzdem mehr an allem teilnahm. Anscheinend hatte er nur ein bisschen Auftrieb gebraucht, um selbstsicherer zu werden.

7. Ausflug nach Rothenburg ob der Tauber oder die wundersame Reise in die Romantik.

An einem schönen Sommertag, packte ich acht reisewillige Bewohner in unseren Bus und los ging es, über die romantische Straße, nach Rothenburg ob der Tauber.

Die Straße war wirklich sehr romantisch, das konnte ihr keiner absprechen und meine Männer waren restlos begeistert. Besonders einer, der kaum noch laufen konnte, aber dafür umso lieber mitfuhr, war er doch früher Fernfahrer und ständig unterwegs gewesen.
Die Straße zog sich ganz schön in die Länge und inzwischen konnte man die Romantik wirklich nicht mehr übersehen. Es waren Misthaufen in Hülle und Fülle beidseits der Straße zu bewundern und an einer Stelle wurde die Straße so romantisch schmal, dass der Bus fast die entgegenkommenden Fahrzeuge geküsst hätte.

Aber da ich eine versierte Fahrerin bin, kamen wir heil vor der Stadt an, wo wir auf einem Parkplatz anhielten und die unkomplizierten Mitfahrer eifrig ihre Blase leerten. Mir blieb das leider verwehrt, denn unterhalb des lichten Gebüsches lag die nächste Straße.

Diesen Ausblick wollte ich niemandem gönnen und so verkniff ich es mir zähneknirschend.

In Rothenburg angekommen, fanden wir einen schönen Parkplatz an der Stadtmauer und der Fernfahrer, sowie noch ein fußkranker Beifahrer, wollten gerne im Bus bleiben.

Ich ließ sie mit einer Kanne Kaffee und den erforderlichen Trinkgefäßen, die ich dieses Mal nicht vergessen hatte, zurück.

Wir anderen machten uns frohgemut auf den Weg und marschierten schwungvoll, in Richtung Marktplatz.

Dort konnte man sogar mit einer Kutsche fahren, was ich meinen lauffaulen Begleitern, deren Elan schon merklich nachgelassen hatte, leider aus Kostengründen versagen musste.

Erleichtert bemerkte ich die öffentlichen Toiletten auf dem Marktplatz und suchte umgehend dieses gastfreundliche Örtchen auf.

Nur einer meiner Mitfahrer schloss sich mir an und folgte meinem Beispiel, die anderen hatten es gerade nicht nötig. Na gut.

Alle waren scharf auf das Kriminalmuseum, und

die eiserne Jungfrau. Ich weniger, war ich doch schon zweimal zur Besichtigung dort gewesen und hatte mich gegruselt. Aber sie waren nicht davon abzubringen und so gingen wir los in Richtung Museum.

Wir waren etwa die Hälfte der Strecke gegangen, als einer der Passagiere meine Nähe suchte. Ich fragte ihn freundlich, was sein Begehr sei und er druckste etwas herum. Dazu muss ich anmerken, dass er infolge eines Schlaganfalles unter Wortfindungsstörungen litt.

Nach mehrmaligen Anläufen äußerte er sich klar verständlich und ich brach, zu meiner Schande, in nicht zu unterdrückendes Lachen aus.
Er musste dringend einem körperlichen Bedürfnis nachkommen, welches er ziemlich drastisch, aber klar verständlich: „Ich bräuchte mal einen Platz, an dem ich in Ruhe ein paar Pfund rausdrücken könnte!" - geäußert hatte.
Immer noch von Lachkrämpfen geschüttelt, erreichten wir endlich das Museum und ich begab mich zur Kassenfrau, um, immer noch nach Luft ringend und kichernd, um Eintrittskarten zu bitten, aber nur - wenn sie eine Toilette hätten, bitteschön! Haha!
Zum Glück hatten sie sogar zwei und die Frau händigte mir kopfschüttelnd die Eintrittskarten

aus.

Mein gequälter Mitfahrer suchte sofort das dringend benötigte Örtchen auf und wir Anderen besahen uns derweil das Erdgeschoss. Nachdem wir dort alles fast auswendig kannten, tauchte er endlich wieder auf.

Ich fragte ihn unwillkürlich, ob es gut gewesen sei und er antwortete: „Ja, schon, aber so eng wie in einer Gefängniszelle!
Daraufhin hätte ich fast wieder einen Lachanfall folgen lassen. Na ja, schließlich waren wir ja auch in einem Kriminalmuseum.
Wir gingen hinunter in die Kellerräume, die besonders dunkel und gruselig waren. Zwei der Mitfahrer setzten sich, sichtlich schlappmachend und nicht von der gruseligen Atmosphäre beeinträchtigt, nebeneinander auf das Bänkchen in der Mitte des ersten Raumes.

Der Rest folgte mir unauffällig. Na ja, wir besichtigten das gruselige Gebäude mit seinen mittelalterlichen Folterinstrumenten, mehr oder weniger begeistert. Ich eher weniger.
Dann ging es wieder hinaus, aber – oh Schreck! Es ging nicht den gleichen Weg zurück, sondern stattdessen in einen Hof und von dort hinaus auf die Straße – und meine beiden Schlappmacher?
Ich führte meine Begleiter hinaus, hieß sie, sich

auf eine Brunneneinfassung zu setzen und schärfte ihnen ein, diesen Platz keinesfalls zu verlassen, egal, ob sie zur Toilette müssten, es blitzte oder donnerte oder sonst etwas komme.

Dann ging ich zurück und erklärte der Kassenfrau mein Problem.
Diese war verständnisvoll und ließ mich ein zweites Mal in die Gruft hinuntersteigen.
Dort fand ich meinen einen Bewohner, weiterhin geduldig auf der Bank sitzend, der andere war verschwunden!

Ich fragte ihn nach Theo und er wollte verständnislos wissen, wer das denn sei?
„Na, dein Sitznachbar!" antwortete ich.

„Hm, kenn ich nicht, weiß ich nicht!" antwortete er mir. Mist, das Kurzzeitgedächtnis war bei ihm leider stark beeinträchtigt und so nahm ich ihn ins Schlepptau und wir gingen unseren verschwundenen Theo suchen.
Im zweiten Stock fanden wir ihn schließlich, vor den Folterwerkzeugen für zänkische Weiber, wo er schadenfroh grinsend davorstand. Ohne langes Federlesen schnappte ich ihn und wir gingen zu dritt hinaus. Jetzt hätten sie plötzlich noch gerne geschaut, aber meine Geduld war nun zu Ende und zudem machte ich mir Sorgen um die

Brunnenrandsitzer.

Ich war froh, als wir endlich draußen waren und unsere restlichen Mannen noch vollzählig und brav auf dem Brunnenrand sitzend vorfanden.

Den ganzen Weg zum Auto, erzählten sie von den Folterwerkzeugen und waren total begeistert. Mich hatte die Brutalität des Mittelalters eher bedrückt.
Nur Hunger hatten sie langsam.
Die Schneebälle, die man allerorts dort kaufen konnte, waren sehr teuer und so kauften wir nur drei Stück, die wir dann aufteilen wollten, um wenigstens eine Vorstellung zu haben, wie sie schmeckten.

Am Auto angekommen, saßen die beiden Insassen friedlich drinnen, aber – auf dem Trockenen! Die Tassen waren noch jungfräulich rein und unbenutzt.
„Was ist denn mit euch los? Wieso habt ihr nichts getrunken?" wollte ich ungläubig wissen.

„Wie denn?" schrie der eine genervt. „Das muss ja ein Riesenochs zugeschraubt haben. Wir haben es beide nicht aufbekommen!"
Beschämt sah ich ihn an. Der Ochs war ich gewesen und ich bekam sie zum Glück auch

wieder auf. Hungrig und durstig fielen wir über die Hackfleischbrötchen, den Kaffee und den Kuchen her und es blieb kein Krümelchen übrig.

Müde, aber glücklich machten wir uns auf den Heimweg. Da wir nicht wieder so romantisch fahren wollten, fuhren wir zur Abwechslung eine andere Strecke: ein Stück Autobahn, ein Stück Landstraße, ein Stück falsch, egal. Sie wollten alle gern mal wieder Würzburg sehen und das sahen sie auch!

Am Ende waren wir uns alle einig: Das war ein toller Tag gewesen. Aber froh waren wir doch, als wir wieder glücklich zuhause gelandet waren, das gebe ich gern zu.

8. Fußball for fans!

Irgendwann will jeder echte Fußballfan einmal in ein „richtiges" Stadion gehen, um eine „richtige", professionelle Mannschaft, in echt spielen zu sehen.
Und das ist bei Pflegeheimbewohnern nicht anders!
Eines Tages war es dann soweit - wir bekamen neun Karten geschenkt für unser Pflegeheim. Sieben Bewohner und zwei Begleiter/innen durften (durften?!) zum Fußball gucken nach Frankfurt fahren.
Es war klar, dass ich mitfahren würde und da ich ein absoluter Fußball– und Frankfurt-Laie bin, brauchte ich einen versierten Begleiter. Da unser damaliger Zivi und jetziger Hausmeister mir im Vorfeld schon Tipps gegeben hatte, auf welchen Parkplatz ich keinesfalls fahren durfte, weil man sonst gaaanz weit laufen müsste, beschloss ich - das ist der richtige Begleiter, der kennt sich aus - der muss mit!

Er erklärte sich damit einverstanden und als der Tag des Spieles da und die Mitfahrer bereit waren, ging es los. Ich weiß noch, dass es nicht gerade warm war und dass jeder eine dicke Jacke dabeihatte.

Im Auto hatten wir ausreichend Kaffee, ein Muss für unsere Mannen und Kuchen und Brötchen. Verhungern konnte also theoretisch niemand.

Wir kamen frohgelaunt in der Nähe des Fußballstadions an und fuhren auf den ausgewiesenen Parkplatz. O weh! Es war genau der Parkplatz, vor dem mich mein Begleiter gewarnt hatte! Aber er war ja selbst gefahren und genau da gelandet, wo er eigentlich gar nicht hingewollt hatte! Aber nun war es nicht mehr zu ändern, wir waren nun mal da und nochmal durch den Verkehr zu fahren, da hatten wir keine Nerven dafür.

Die Fans ergossen sich aus dem Bus und wir marschierten los, mitten durch einen Park, der kein Ende nehmen wollte.

Irgendwann erspähten wir das Stadion und kamen natürlich auf der falschen Seite an - mussten also ganz drum herum gehen.

Nicht zu glauben, wie groß so ein Stadion ist und wie weit zu laufen von einem Ende zum anderen.

Einige Bewohner hatten jetzt schon genug:

„Wie weit ist denn das noch?"   „Ich hab keine

Lust mehr!" „Ich will jetzt heim!"

Alles war dabei, nur nichts Positives. Aber als wir durch den Eingang waren, legte sich das zum Glück wieder.

Wir kämpften uns durch das Gedränge zu unseren reservierten Plätzen auf der Tribüne, nachdem wir einige Male kontrolliert wurden. Die Plätze waren zum Glück, ziemlich weit oben und am Rand, so dass wir leicht wieder hinauskommen konnten.

Wir setzten uns und harrten der Dinge, die da kommen sollten. Es dauerte nicht lange und der Erste hatte Hunger. Ich hatte etwas Geld, um jedem eine Kleinigkeit kaufen zu können Aber auf diese Preise war ich nicht gefasst! Wow, das war Wucher! Eine Brezel für 3 Euro!

Ich holte einige Brezeln und zwei Getränke, zu mehr reichte das Geld nicht und teilte sie untereinander auf.

Die Tabletten mussten genommen werden, deshalb durften die Betroffenen als Erste trinken.

Die Brezeln waren bald verzehrt und das Spiel hatte immer noch nicht angefangen.

Wir hatten einen tollen Blick auf die Fan-Blöcke gegenüber und rechts und links. Was für tolle Farben und wie fantasievoll gekennzeichnet, klasse!

Wir waren begeistert. Nach einigen Rangeleien mit dem Essen und Trinken fing es endlich an.

Ich hatte die Info, dass es einen Bus gäbe für Gehbehinderte, bis zum Parkplatz und dass man das nur anmelden müsse. Also stiefelte ich los und überließ dem Zivi so lange die Verantwortung für unsere Männer.

Ich fragte mich durch bis an die richtige Stelle, nur um zu erfahren, dass der Bus aber am anderen Ende des Stadions abgehe, an einer bestimmten Stelle.

Das war hoffnungslos für uns. Wir hätten die Abfahrtsstelle nie rechtzeitig gefunden.

Kaum begann das Spiel mit lautem Tamtam, musste Herr Hilpert. zur Toilette. Ich ging mit – wieder Kontrolle, Karten zeigen und Richtung Männertoilette. Er verschwand und ich blieb davorstehen. Ein Ordner kam, auf mich zu: „Das ist der Männertoilettenbereich!"

Ich erklärte ihm, dass ich warten müsse, damit mein Bewohner nicht verlorenginge. Endlich verstand er mich.

Mein Bewohner kam wieder heraus: „Ich konnte nicht!"

Ich: „Wieso, was war denn?" Er: „Weiß nicht, es ging nicht!"

Na gut, wieder zurück zu unseren Plätzen und weiter ging das Spiel.

Einige Male musste ich noch mit ihm zur Toilette, musste ständig aufpassen, denn er wollte einfach alleine gehen, aber ich hätte ihn nie wiedergefunden in dem Riesenstadion.

Irgendwann war aber gut und er musste nicht mehr. Das Spiel schritt fort und die Nachbarn, die neben uns saßen, tranken ziemlich viel.
.

Nach einiger Zeit waren sie so zugedröhnt, dass sie sich oben herum auszogen. Sie saßen sozusagen oben ohne da und ich dagegen hatte einen Pulli, eine Weste und eine Jacke an und fror immer noch. Dann fingen sie an, Streit zu suchen. Unsere Bewohner nicht faul, als frühere, geübte Kneipenbesucher, sprangen sofort darauf an.
Es blieb mir nichts übrig, als mich dazwischen zu setzen. Die ganze Zeit über saß ich wie auf Kohlen. Vom Spiel sah ich kaum etwas - entspannt ist anders!

Kurz vor dem Ende hatten wir genug und gingen los, um nicht in die Menge zu geraten. Draußen sah plötzlich alles ganz anders aus als vorhin. Es war stockfinster und ich konnte einige Taxen erkennen. Ich erkundigte mich beim ersten Taxifahrer, wie viel es kosten würde, uns zum Parkplatz zu fahren.

E meinte, so um die 7 Euro. Das ginge ja noch.

Aber - er wäre bestellt, wir sollten den nächsten Taxifahrer fragen. Der nächste Taxifahrer war ein Ausländer, verstand kaum Deutsch. Immerhin bekam ich heraus, dass er nicht fahren würde, er müsse nämlich ganz außen herum, sagte er uns, Es führe kein Weg auf den Parkplatz, er müsse durch die Stadt und das wäre sehr teuer. Komisch, bei dem anderen Taxifahrer war das kein Problem gewesen.

Als ich mich resigniert umdrehte, konnte ich erkennen, dass sich inzwischen bereits langsam ein Menschenstrom aus dem Stadion heraus ergoß - das Spiel war aus!

Wir gaben es auf mit dem Taxi, es war hoffnungslos und marschierten los, in den Park hinein. Doch nun war es dunkel und darin gab es keine Beleuchtung, also kamen wir nur sehr langsam vorwärts.

Ab und zu wurden wir überholt und die anderen Fans leuchteten den Weg mit Handys an. Ein Bewohner stützte sich schwer auf mich: „Sind wir

bald da?" keuchte er. „Ich kann nicht mehr! Sch....Fußball, ich geh nie wieder auf ein Spiel!"

Uff! Wir trabten weiter und wussten inzwischen nicht mehr, wo wir waren. Ich fragte nach dem Weg „Ja, da vorne ist die U-Bahn!" bekam ich zur

Antwort. Die U–Bahn? Welche U-Bahn? Die war vorhin noch nicht da! Ich war etwas irritiert, milde ausgedrückt.

Und weiter ging es - ein paar Bäume, ein Parkplatz, ein Gebäude - das war vorhin auch noch nicht hier! Ah! Ein Holiday-Inn, das wollt ich schon immer mal sehen! Und auf dem Parkplatz davor ein Taxi, zu dem ich gleich hinrannte – wieder ein ausländischer, gebrochen deutschsprechender Fahrer. Er meinte, wir müssten gleich da sein. Also ging mein Begleiter los, um das Auto zu suchen und zu holen.

Wir wankten zwischenzeitlich ein Stück weiter, wo wir dann erschöpft stehen blieben, uns auf ein Mäuerchen setzten und apathisch aufgaben.

Wenn er nicht wiederkommen würde, würden wir einfach hierbleiben, bis uns irgendwann jemand, bereits mumifiziert, finden würde – doch nein, wir kannten ja unseren Zivi und wussten, er würde uns nicht im Stich lassen!

Und wirklich – juchhu! Nach einiger Zeit sahen wir unseren alten, wohlbekannten Bus sich nähern, mit unserem Zivi am Steuer! Gerettet!

Kaum hielt der Bus, öffnete ich schon die Klappe und wir stürzten uns auf mitgebrachten Kaffee, Kuchen und Brötchen. Einige allerdings wollten nur noch hineinklettern und ihre Ruhe haben.

Kaputt, aber glücklich starteten wir und fuhren heim.

War das schön, der Heimat wieder langsam näher zu kommen. Heute würden wir alle gut schlafen!

Nach kurzer halber Stunde Fahrzeit waren wir auch schon da und erlösten die Nachtschwester von ihren Ängsten. Sie hatte sich natürlich Sorgen gemacht. Aber so ein richtige Fußballspiel in Frankfurt mit allem Drum und Dran, das dauert schon eine Weile!

Am Ende waren sich alle einig. Es war ein tolles, aber einmaliges Erlebnis, das man zwar einmal mitgemacht haben muss, aber keinesfalls wiederholen möchte!

Wir hatten es erlebt und waren geheilt vom Fußballfieber. In Zukunft würde uns ein Spiel am Bildschirm reichen! Da konnte man zur Toilette gehen, wenn man musste, essen und trinken, wenn man wollte, aufstehen und ins Bett gehen, wenn man müde war. Aber ein Erlebnis war es doch, das wir nie vergessen würden!

9. Schwimmen für Hartgesottene

Jeden zweiten Mittwoch war Schwimmbad angesagt. In einem nahen Städtchen gibt es ein schnuckeliges Hallenbad, mit Schwimmpasssage ins Freie.

Im Winter kann man im warmen Wasser draußen stehen und sich an den Massagedüsen verlustieren, sich auf die Bodensprudler stellen, von den Bewohnern gleich „Eierkocher" getauft, oder sich in die Whirlpool-Mulden legen.

Doch man muss schnell sein, auch andere Gäste genießen es, sich so verwöhnen zu lassen.

Im Sommer ist zusätzlich draußen ein Freibad-Becken in Betrieb, man sitzt auf der Schwimmbad-Wiese, mit Blick auf den Main und die vorbeifahrenden Schiffe. Sehr entspannend und gemütlich.

Wir hatten, schon durch unseren Diabetiker und weil Wasser hungrig macht, immer Essen und Getränke mit dabei.

Barvermögen war knapp, Behindertenausweise hatten sie alle und so bekamen wir von der Cafeteria die Sondererlaubnis, im kleinen abgetrennten Glasabteil unseren mitgebrachten Kaffee und Kuchen verzehren zu dürfen.

Sogar rauchen durften man damals noch darin, was für die Männer eine grundlegende Voraussetzung war.

Nach vollbrachter Bewegung mit Schwimmen, oder Ball werfen, trockneten wir uns ab und setzten uns in Badekluft in den Glaskasten.

Dieser war sehr ansprechend mit Plastikstühlen und Tischen ausgestattet. Die Stühle hatten Rillen, damit das Wasser ablaufen konnte und wir machten es uns dort bequem. Hmmm, die Schaumküsse schmeckten köstlich.

Unser Herr Ommel bekam meist von der ungewohnten Bewegung Unterzuckerung und so kamen regelmäßig Schaumküsse und Bananen, zur Freude aller, zum Einsatz.

Wir plauderten müde, eigentlich saßen wir mehr oder weniger geschafft, einfach nur da.

Wie immer wollten wir danach noch ein Schleckeis bei McSowieso essen, das praktischerweise fast daneben lag. Etwas, worauf sich immer alle freuten.

Ich trieb meine Männer an, zum Duschen zu gehen und sah dabei eine unerwartete und leider sehr unappetitliche Bescherung unter dem Stuhl eines meiner Schützlinge... o weia! Was nun?

„Es" war von ihm unbemerkt, durch die Badehose und die Rillen des Stuhles gedrungen und bildete auf dem Boden eine braune Lache...

Ich beschloss kurzerhand, den Sünder unbemerkt

im Pulk mit den Anderen, zu den Duschen zu schicken.

Doch er wollte nicht.: „Ich dusche nicht nochmal, ich hab heute schon!" „Aber du musst, es ist nötig!" rief ich mit Nachdruck. „Quatsch, ich dusche nicht!" er war richtiggehend unleidlich und schlechtgelaunt, aber noch nicht sehr laut zum Glück. Mir wurde ganz anders. Hoffentlich hatte es niemand gesehen. Unauffällig sah ich mich um - erkundete die Umgebung mit Blicken und entdeckte erfreut einen Eimer mit Lappen in der Ecke.

„Los, geht jetzt bitte duschen und nehmt den Martin mit!" Die energiereicheren Bewohner erhoben sich und wollten ihn mitnehmen, als ihr Blick auf den Boden fiel. Ich sah es sofort und machte: „PSSST!"
Nutzte nichts – leider: „Birgid! Schau mal!" Zwei Männer gleichzeitig riefen es mir entsetzt zu und deuteten sehr auffällig darauf. Ich wieder: „PSST!"
Doch es nützte wieder nichts. Sie dachten wohl, ich hätte es nicht gesehen und wurden nun so auffällig, dass es wirklich der letzte Cafeteria-Gast sah.
Am liebsten wäre ich in den Erdboden versunken. Ich wolle es doch unauffällig entfernen.

Mit gesenktem Kopf sprach ich die hinter der Kasse sitzende Mitarbeiterin an, dass es wohl ein kleines Malheur gegeben hätte und ich es schnell mit dem Eimer entfernen würde.

Ich schnappte mir den Eimer und wischte in Windeseile Stuhl und Boden ab, bis alle Spuren beseitigt waren.

Dann sauste ich in die Umkleide und zog mich ruckzuck an.

Mit Karacho spurtete ich in die Männergemeinschaftsumkleidekabine - er war schon angezogen!

„Martin! Hast du geduscht?" rief ich.

„Ne, wieso denn? Hab doch heute schon geduscht! Ihr mit eurer blöden Duscherei, ihr pingeligen Frauenzimmer!" motzte er mich an.

Er hatte es immer noch nicht bemerkt, o Mann! Ich beschloss, nicht mehr darüber nachzudenken.

Es war nicht mehr zu ändern. Ich half Einigen beim Anziehen, Socken, Schuhe binden usw. und dann verschwanden wir vom Ort des Geschehens und taten einfach so, als wäre nichts geschehen, Ich hoffte nur, dass der Bus sauber bleiben würde und legte Martin sicherheitshalber ein Handtuch unter, was er mit Kopfschütteln und ungehaltenem Murmeln kommentierte.

Diese eine Schwimmbadfahrt werde ich mein Lebtag nicht mehr vergessen. Ich schwitzte, schwatzte, lachte unkontrolliert - fast wäre ich vor lauter Druck geplatzt und fuhr die wertvolle Fracht zurück ins Pflegeheim, wo ich den Mann des Anstoßes umgehend auf die Toilette verfrachtete.

Nun, dies war das letzte Mal, dass er mit zum Schwimmen war, das Risiko war einfach zu groß und es wäre auch unverantwortlich den anderen Schwimmbadbesuchern gegenüber gewesen.
Aber ich muss sagen, die ganze Heimfahrt schüttelte mich ein Lachanfall nach dem anderen und ich hatte fast Muskelkater davon.

Nie werde ich diesen Schwimmbadbesuch vergessen, er hat sich sozusagen richtiggehend in mein Gedächtnis gebrannt!

10. Unsere Fahrt ins Trägerhaus

Jedes Jahr lädt uns das Trägerhaus in Schwalbenstadt zum Sommerfest ein. Da gibt es Musik, für die Bewohner kostenloses Essen (sehr wichtig) und gemütliches Beisammensein.

Dieses Jahr beschlossen wir – wir fahren hin!

Also packten wir den unvermeidlichen Proviant ein (es waren 2-3 Stunden Fahrt) und Kaffee, ohne den wir nie das Haus verließen.
Ungefähr in der Hälfte der Strecke mussten wir einem dringenden menschlichen Bedürfnis nachkommen und suchten uns auf der Autobahn einen Parkplatz mit WC.
Erleichtert setzten wir uns danach an einen Tisch mit Bänken, wie für uns gemacht.
Die Passagiere fielen heißhungrig über den Proviant her und so war in kürzester Zeit, alles vertilgt.

Nur Theo kaute und kaute immer noch auf seinem Brötchen mit Hackfleischküchlein herum. Die Anderen wollten schon langsam wieder das Gefährt besteigen, doch unser Theo machte keine

Anstalten. Dabei war er sonst immer einer der schnellsten beim Essen.

„Theo, was ist denn? Schmeckt es nicht?" erkundigte ich mich besorgt. Was war nur los mit ihm? So kannte ich ihn gar nicht.

Er gab ein Grunzen von sich und deutete auf seinen Mund. „Was ist? Ist es zäh oder was?"

„Nö!" brummte er und deutete auf seinen Mund, wobei er ihn ein wenig öffnete. Ich ging um die Bank herum und besah mir von nahem das Schwierigkeiten machende Körperteil. Wenn der Mund zu war, sah es ganz normal aus, aber vielleicht war ihm ja ein Zahn abgebrochen? O weh, bloß nicht!

„Mach mal auf Theo, vielleicht sehe ich ja was los ist."

Folgsam öffnete er den Mund und ich sah sofort, dass etwas ganz und gar nicht richtig war. Es half nichts, ich musste hinein fassen. Der ganze Speisebrei befand sich noch darin und hatte sich verfangen in seiner Prothese, die irgendwie ganz seltsam aussah. Irgendetwas stimmte da nicht.

Ich zog sie vorsichtig heraus und muss gestehen, dass ich mir wieder einmal das Lachen nicht verbeißen konnte. Zum Glück kannten mich die Bewohner gut genug und wussten, dass ich sie nicht auslachte, sondern dass meine Heiterkeit öfter mit mir durchging. Er hatte seine Prothese falsch herum drinnen, die Zähne drückten quasi an den Gaumen und es war sicher nicht angenehm gewesen, so zu kauen. Ich trug sie in die Toilette, wusch sie unter dem Wasserstrahl des Waschbeckens ab und setzte sie ihm danach - nun richtig herum - wieder ein.

„Gott sei Dank!" meinte er dankbar und ich war auch froh, dass alles wieder in Ordnung war mit ihm. Das Hackbrötchen verschlang er nun mit gewohnter Geschwindigkeit und wir waren bald wieder reisefertig.

Der Tag war dann noch richtig schön. Es gab Pommes und Steaks, Kuchen und Kaffee so viel sie wollten und wir fuhren müde, satt und erfüllt mit neuen Eindrücken nachhause.

Einige hatten alte Bekannte getroffen, die sie von früher kannten und die Musik war schwungvoll und gut. Beatles und 70er Jahre, genau das Richtige für uns.

Und das Gebiss-Erlebnis war trotz allem ein Highlight gewesen. So blieb uns auch dieser Ausflug noch lange im Gedächtnis und ich lernte bei jedem unserer kleinen Erlebnisse und Missgeschicke mehr, das Leben leichter zu nehmen. Alles ist menschlich., Fehler passieren jedem und wenn wir zusammenhalten, ist alles zu bewältigen!

11. Heidelberg – eines der letzten Abenteuer

Schon beim Start waren die Aufbruchbedingungen verschärft, durch den nicht nachlassen wollenden Dauerregen. Das Wetter kann man zum Glück immer noch nicht vorbestellen.

Trotz des düsteren Wetters und freigiebigem Regen, beschlossen jedoch alle Teilnehmer, die Fahrt zu wagen.

Wir hatten für diesen Tag das Essen in der Küche abbestellt und stattdessen hatte unsere Küchenfee Hanna uns wieder einmal Hackfleischküchlein, auch genannt Buletten, gebacken, die sie alle liebten. Die Brötchen dazu hatte ich frisch vom Bäcker mitgebracht.

Pünktlich um 9 Uhr ging es los. Die Fahrt durch den herrlichen Odenwald war wunderschön. Am Viadukt des Himbächels hielten wir kurz an und genossen den großartigen Anblick - der Regen störte uns nicht weiter - weil wir dicht gedrängt unter der Heckklappe des Busses standen und Amerikaner aßen, die ich am Morgen frisch gebacken hatte.

Ohne Essen und Trinken lief nichts, das hatte ich schon bald herausgefunden. Mühsam rissen wir uns von den Gebäckteilen los und fuhren weiter.

Die eher unüblichen Ortsnamen wie - „Lauerbach" - „Gammelsbach" und „Hetzbach", beflügelten unsere Fantasie und wir überlegten, wie diese wohl entstanden sein mochten.

Schon bogen wir rechts ab und folgten dem schönen Neckar, der gut gefüllt links von uns floss.

„Mückenloch" - „Lanzenbach", „Neckarsteinach" – auch diese Ortsnamen verzauberten uns.

Im Vier-Burgen-Tal hatten wir Burgen, soviel wir wollten. Auf jedem Hügelchen eine. Auf der Rückfahrt sogar besser zu sehen, als auf der Hinfahrt. Und schon waren wir in Heidelberg. Bei der mindestens halbstündigen Parkplatzsuche hatten wir wahrhaftig ausreichend Gelegenheit, es von allen Seiten (sogar mehrmals) zu sehen.

In ganz Heidelberg gibt es außer Anwohnerparkplätzen, anscheinend nur Parkhäuser und diese waren durchweg zu niedrig für unseren ca. 2m10 hohen Bus.

Nach vergeblichem Versuch in einem 2,05m hohen Parkhaus zu parken, wussten wir das genau. Das laute „krrrrrr.." als wir unter der Markierungsabhängung durchfuhren und fast hängenblieben, wird mir für immer im Gedächtnis bleiben.

Verzweifelt, hungrig und mit Parkphobie

meinerseits, überquerten wir die Brücke und stellten den Bus auf den, auch dort üblichen Anwohnerparkplätzen, in der Nähe des Colleges ab.

Wir legten ein kurzes Briefchen für eventuell kontrollierende Politessen hinein, die hoffentlich Mitleid mit uns haben würden, packten die Rucksäcke und wanderten mit knurrenden Mägen (schon wieder!) über die wirklich wunderschöne Fußgängerbrücke. Die Brücke, die im Krieg sinnlos zerstört wurde, war von den Heidelbergern wieder so aufgebaut worden, wie sie vorher gewesen war. Mehr konnte ich im Vorbeigehen nicht entziffern, aber sie war wirklich wunderschön.

Dieser Meinung waren auch Dutzende von Japanern, die sie eifrig, von allen Seiten, fotografierten.

Wir sahen das Heidelberger Schloss, imposant und triefend, sich von dem trüben Himmel schlecht abhebend, bereits von dort.

Kaum waren wir drüben angelangt, beschlossen wir, zu essen und danach einem menschlichen Bedürfnis, das uns alle mehr oder weniger drückte, nachzukommen. Wir genossen unsere Hamburger im Stehen unter einem Kirchenvordach und spülten mit Tee nach. Herr Gern hatte die Brötchen fachgerecht mit seinem Taschenmesser tranchiert und ich legte liebevoll die Boulette dazwischen.

Gegenüber war ein McSowieso und wir betraten es erleichtert, um das stille Örtchen aufzusuchen und uns danach gemütlich niederzulassen. Das Nachtisch-Eis schmeckte uns besonders gut und war großzügig bemessen – lecker!

Eigentlich hatten wir zum Schloss hoch wandern wollen, aber ein Blick auf die erschöpften Gesichter meiner Mitfahrer genügte und so beschlossen wir einmütig, dass es bei diesem Wetter reichte, es von unten zu sehen und machten uns auf den Rückweg.

Hurra! Unser Auto stand noch da und war nicht abgeschleppt! Das war auch einer der Gründe für mich gewesen, nicht zum Schloss hoch zu marschieren. Außerdem waren meine Schutzbefohlenen rechtschaffen müde. Laufen war nicht so ihr Ding.

Dankbar ließen wir uns in die Autopolster sinken und unter Mithilfe aller, suchten wir den Weg zurück und ließen Heidelberg ohne Reue hinter uns.

Im Odenwald fanden wir auf einem Parkplatz ein überdachtes Vesperplätzchen und ließen uns die übriggebliebenen Amerikaner mit Kaffee munden. Danach brachten wir die restlichen Kilometer frisch gestärkt und gut gelaunt hinter uns. Trotz Regen, trübem Wetter und schwieriger Parkplatzsuche waren wir uns einig: „Das war Spitze!"

12. Her mit dem See – oder Ballermann für Arme

Unser Ausflug an den See in einem englischen Landschaftspark, begann wie immer hektisch und mit vielen unvorhergesehen Ereignissen.

So kamen an diesem Tag zwei neue Bewohner im Pflegeheim an, beide nicht einschätzbare Risikofaktoren.

Nun, ich versuchte, die Ruhe zu bewahren und eins nach dem anderen zu tun, manchmal auch eins vor und zwischen dem anderen.

Ich stellte die große Kaffeemaschine an, packte zwei Rucksäcke, einen mit einem großen, runden Behältnis, worin wir Plätzchen aufbewahrten, sowie mit dem Kaffee bestückt, der andere gefüllt mit Kuchen und den Tassen.

Dann bestiegen die reisewilligen Bewohner den Bus.

O Wunder, es waren Plätze genug frei, sogar für die beiden neuen Bewohner und so kamen sie kurzentschlossen mit.

Wir schaukelten um die Kurve, voller Vorfreude auf den Park, den See, die Abenteuer, die uns wieder erwarten würden -

denn die waren immer miteingeschlossen, wenn wir zusammen unterwegs waren.

Nach einer guten halben Stunde erreichten wir den Parkplatz und ich geleitete meine acht Passagiere aus dem Bus und in Richtung See. Aus Erfahrung wusste ich, dass sie nicht gerne zu Fuß unterwegs waren und einen Bewohner setzte ich von vornherein in den mitgebrachten Rollstuhl.
So marschierten wir los, den Weg zum See.
Unten angekommen, teilten wir uns auf, in zwei Ruderboote und auf eine Bank für die Wasserscheuen. Ich ließ den Bankbesetzern, dreien an der Zahl, den Rucksack da (komischerweise war es nur noch einer?) und sagte ihnen, dass sie gerne schon mal Kaffee trinken könnten, bis wir wieder da wären....
Dann stieg ich mit zwei meiner Ruderwilligen in ein Boot. In dem anderen ruderte Herr Gern bereits los, ohne Probleme.

Das andere wollte ich rudern, da ich meinte, ich könne es besser, als meine Mitruderer. Dies war allerdings, ein für mich nicht vorhersehbarer Irrtum. Anfangs ging es gut, doch dann verhedderte ich mich immer wieder in Algen und Wasserpflanzen und kam einfach nicht dahin, wo ich hinwollte.
Nach einiger Zeit erspähte ich das andere Boot und

rief den Insassen zu, dass wir langsam die Anlegestelle ansteuern sollten.

Kein Problem für die Anderen. Ich sah, wie sie ohne Umschweife Richtung Anlegestelle steuerten, doch ich konnte einfach nicht mehr lenken, meine Kraft und meine Nerven waren am Ende und das Boot fuhr immer in die falsche Richtung. Zum Glück erbarmte sich ein Mitbootspassagier und ruderte zurück.
Plätze tauschen konnten wir jedoch nicht, sonst wären wir womöglich ins Wasser gefallen, denn die beiden Mitfahrer waren nicht schwindelfrei.
So ruderten wir mehr schlecht als recht zurück. Ich in der Mitte, einer vorn und einer hinten - der ruderte - und als wir anlegten, half uns ein Bootsverleihmitarbeiter.

Und gab gleich noch gute Ratschläge:
„Der in der Mitte muss rudern, nicht der vorn oder hinten!"
Ich war vollkommen fertig und wäre ihm am liebsten ins Gesicht gesprungen, aber schluckte meinen Unmut angestrengt hinunter. Er hatte ja recht, aber keine Ahnung!
So – und nun waren alle kaffeehungrig und hatten Lust auf Kuchen!
Doch was war das? Die drei Bankbesetzer hatten noch nicht einmal angefangen, Kaffee zu trinken!

„Was ist los?" wollte ich wissen. „Wieso trinkt ihr nicht Kaffee? Ich hab doch gesagt, ihr könnt schon mal anfangen!"

„Kunststück!" schrie der eine. „Wie soll das gehen ohne Tassen?"

Mist, der andere Rucksack fehlte, es waren **doch** zwei gewesen, ich hatte einen vergessen! Tja, so geht das, wenn man immer alles alleine machen will und dann noch schauen muss, dass alle im Bus sitzen und keiner vergessen wird.

Kurzentschlossen verteilte ich die Plätzchen aus der Dose und ging zum Bootsverleiher - fragen, ob er Plastikbecher dahätte – ne, hatte er nicht, gab er zur Antwort.

Aaaaaaaber - er hatte einen Maßkrug! Oweia, genau das Richtige für zwangstrockene Alkoholiker.

Ich nahm ihn, mangels anderer Gefäße, dankend an und verteilte die eine Kaffeehälfte in die Plastikdose, in der die Plätzchen gewesen waren, versetzte sie mit Milch und Zucker und füllte die andere Hälfte schwarz in den Maßkrug und los ging es.

Unter Gelächter und Gekichere ließen wir den Kaffee kreisen.

Zu meiner Schande muss ich gestehen, dass ich bei solchen Gelegenheiten, die eigentlich zum Weinen wären, erst mal so richtig loslachen muss.

Tja, was soll ich sagen? Dieses Erlebnis haben die

Bewohner, trotz schlechten Kurzzeitgedächtnisses, nie vergessen.

Da auch der Kuchen im vergessenen Rucksack gewesen war und wir inzwischen richtig Kohldampf schoben, fuhren wir ersatzweise noch allesamt zu McSowieso, wo sich jeder noch einen Hamburger einverleibte. So wurden wir doch noch alle satt und waren zufrieden.

Dieser Tag war wie ein Kinderschokoladenei.
Es war alles dabei - Abenteuer, Spannung und etwas zum Naschen.
Und wir haben alle gelernt, dass nichts so schlimm ist, als dass man es nicht doch noch trotz allem genießen kann in vollen Zügen und dass gerade diese kleinen Pannen das Leben lebenswert machen.

13. Ausflug zur Breuburg

Unser Ausflug zur Breuburg fand bei herrlichem Herbstwetter statt.

Im Bus waren - wie meistens - alle Plätze besetzt und wir fuhren gut gelaunt und abenteuerlustig, vom Pflegeheim los.

Unser Maskottchen, Hündchen Jenny, war diesmal auch dabei und hechelte erwartungsvoll.

Auf der Fahrt zum Ausflugsziel, fuhren wir durch viele schöne Ortschaften, darunter Miltenberg, Obernburg, Eisenbach, Mömlingen und Hainstadt, welche viele Bewohner noch gar nicht, oder schon ewig lange nicht gesehen hatten.

Gleich nach Hainstadt bogen wir in die schmale Straße ein, die zur Burg hochführt.

Mit viel Hallo der Passagiere und Angst meinerseits, dass uns ein Auto entgegenkommen könnte, brausten wir schwungvoll die schmale Straße hinan. Schwungvoll deshalb, weil wir einen gewissen Anlauf brauchten, um mit unserem alten Bus sicher hochzukommen.

Oben fanden wir einen schönen Parkplatz, unterhalb der Burg. Schließlich wollten wir auch etwas Bewegung. Wir marschierten also frohen

Mutes los, bis die Treppe auftauchte, die wir zunehmend stöhnend und schnaufend erklommen. Dann mündete von links ein schmaler Pfad ein, der von der Seite zur Burg führte. Der steile Hang vor dem Tor blieb uns leider nicht erspart und die Fußkranken ließ ich bei mir einhängen und zog sie nacheinander hinauf. Jenny war natürlich als erste oben, sie hatte ja auch vier Beine und dadurch Allbeinantrieb.

Am Burgtor spekulierten wir, ob wir wohl einen Freiwilligen hätten, der den Tor-Ring durchbeißen würde. Es ist ja allgemein bekannt, dass derjenige Burgbesitzer wird, der es schafft den dicken Eisenring durchzubeißen.

Da uns dieses Unterfangen bei genauerem Hinsehen doch zu risikoreich war, ließen wir es dann doch lieber sein und traten in den Innenhof. Wer schon einmal auf der Breuburg war, weiß wie schön es dort ist.

Die Burg ist eine der schönsten und besterhaltensten Burgen Deutschlands. Ein Teil davon, wurde zur Jugendherberge umgebaut und auch eifrig benutzt, von Schulklassen und Jugendgruppen. Der einzige Minuspunkt war das Geknatter von irgendwelchen Baumaschinen, die ziemlichen Lärm machten im ersten Burghof. Wir ließen uns jedoch nicht verdrießen und gingen in den nächsten Innenhof weiter, wo von dem Baulärm kaum noch etwas zu hören war. Das Restaurant war zur Enttäuschung aller Bewohner, die gerne ein Eis gehabt hätten, geschlossen. Aber das war nicht weiter schlimm, sie ließen sich auf später vertrösten.

Wir gingen weiter, machten einen kurzen Schlenker zur Toilette und berieten uns, ob wir wohl noch auf den Turm steigen wollten. Die Männer hatten alle keine Lust und das Personal, um den Turm aufzuschließen, hätte man erst holen müssen, also ließen wir es für diesmal sein. Wir würden sicher einmal wiederkommen. Langsam machten wir uns auf den Rückweg.

Irgendwie landeten wir dabei auf einem anderen Weg, als dem, den wir gekommen waren, aber wir fanden unser Auto trotzdem wohlbehalten wieder. Dort angekommen, nahmen wir eine Decke aus dem Auto und trugen sie mit unserem Picknickkorb zu einer Bank an einer Viehweide. Genüsslich stärkten wir uns mit mitgebrachtem Kaffee und Kuchen und beobachteten dabei die grasenden Rinder, die ab und zu von der wütend kläffenden Jenny aufgescheucht wurden. Beim ersten Mal rutschte uns das Herz in die Hose, aber zum Glück handelte es sich um ausgeglichene, hessische Rinder, die sich von einem kleinen, lauten bayrischen Hund nicht beeindrucken ließen. Nach gemeinschaftlicher Sättigung, verfrachteten wir uns mitsamt den Picknickutensilien ins Auto und machten uns auf den Heimweg. Unterwegs legten wir an einem Supermarkt einen kurzen Zwischenstopp ein, damit die Eishungrigen doch noch zu Ihrem Recht kamen und fuhren entspannt heim, in dem guten Gefühl, wieder einmal einen erlebnisreichen, wirklich schönen Nachmittag miteinander verbracht zu haben.

14. Weihnachtsfest im Pflegeheim

Es war ein kalter Wintertag, der 24. Dezember.
Ich hatte Dienst, wie immer an Heiligabend und bevor ich daheim das Haus verließ, kontrollierte ich noch einmal, ob alle Geschenke für die Kinder verpackt und im Schlafzimmer in einem großen Karton bereitstanden, für den nachfolgenden Heiligen Abend zuhause.
Dann machte ich mich auf ins Pflegeheim.

An Weihnachten herrscht immer eine besondere Atmosphäre. Das war schon immer so und das Pflegeheim bildete da keine Ausnahme.
Auch ich war an diesem Tag in besonderer Stimmung und kein noch so logischer Gedanke konnte mich herausreißen. Schon beim Betreten des Heimes spürte ich die gleiche Stimmung, wie in meinem Inneren.
Ich hatte einen Schlitten von zuhause mitgebracht, mit Sack, Nikolauskostüm und Weihnachtsdecke und schleppte alles nach und nach in den Beschäftigungsraum. Neugierig kamen ein paar Bewohner „zufällig" vorbei und wollten wissen, was ich da mache: „Sag bloß, du willst den gleichen Weihnachtsquatsch wie jedes Jahr

machen? Das ist doch für die Katz, da hat doch keiner Lust dazu. Wir wollen unsere Ruhe haben und sonst nix!"

Es gab mir einen Stich, aber ich machte wortlos weiter, holte die Geschenke, die meine Kolleginnen für die Bewohner besorgt hatten und verstaute sie im Sack, auf dem Schlitten.

Dann baute ich im Speiseraum die Orgel auf, nebst Noten. „Iiiiieeeeh! Musik willst du auch noch machen, singt doch eh keiner!" Ich ließ mich nicht beirren und machte weiter. Es war jedes Jahr das Gleiche, genau wie beim „Dinner for one".

Langsam wurde es dunkel und der Heilige Abend nahte.

Ich holte die Bewohner, die die Zeit vergessen hatten unter Protest („Was soll das, hab eh keine Lust!") herbei und bugsierte sie, freundlich, aber unnachgiebig, in den festlich hergerichteten Speisesaal.

Als es so weit war, dass wir endlich beginnen konnten, hatte ich - auch wie jedes Jahr – schon fast keine Lust mehr.

Einige Kolleginnen trafen ein, noch einige Angehörige und es konnte losgehen. Unter Murren und Knurren nahmen alle Bewohner ihre gewohnten Plätze ein, die Wohntrainingseinheitbewohner und die Angehörigen, quetschten sich dazu und wir begannen mit einem Lied („singt doch eh keiner")

Stimmte nicht. Gut, es sangen nicht viele, aber die wenigen die sangen, sangen mit Freude und Ergriffenheit. Nun war Ruhe im Raum und ob sie wollten oder nicht - sie waren jetzt voll dabei.

Ich las eine Weihnachtsgeschichte, ich glaube, es war die mit der Gans, die ein Ehepaar kurz vor Weihnachten fand und dann als Weihnachtsbraten behalten wollte.

Mir gefällt die Geschichte sehr, weil die Gans überlebt.

Der Geschichte konnte sich kaum jemand entziehen, es war einfach eine echte Weihnachtsgeschichte und alle fühlten mit der Gans und dem, mit sich hadernden, Ehepaar. Tierlieb waren hier fast alle.

Alkoholiker sind oft sehr gefühlvolle und meist sensible Menschen, die sich mit dem Alkohol betäuben, um nicht so tief zu empfinden.

Danach mussten sie noch ein Lied über sich ergehen lassen. Inzwischen war kein Protest mehr zu hören.

Meine Kollegin Tina und ich schritten zur Tat und teilten der Reihe nach die Geschenke aus. So, wie sie uns aus dem Sack in die Hände fielen.

Einige packten gleich an Ort und Stelle aus, aber die Mehrzahl wollte ihre Geschenke allein in ihrem Zimmer auspacken. Das konnte ich gut verstehen, ich würde es genauso machen.

Wir sangen noch zusammen „Stille Nacht", das

gehört einfach dazu und das war es dann. Mehr wäre zu viel gewesen - aber ich muss sagen, mir gefiel unsere Weihnachtsfeier immer sehr. Klar, ich war immer ganz aufgeregt – klappt auch alles, hab ich nichts vergessen? Und hoffentlich gefällt es ihnen auch! Aber hinterher, hatte ich immer ein gutes Gefühl und ich spürte, dass es doch gut war, **dass** wir es und **wie** wir es gemacht hatten. Es war eine lebendige Weihnachtsfeier, nicht groß, aber echt und ich denke, so sollte es sein.

Danach eilte ich erfüllt vom Geist der Weihnacht nachhause und wurde schon an der Haustür von weihnachtlichem Duft empfangen. Die Kartoffeln waren gar, der Raclette-Grill aufgebaut und alle warteten schon auf mich – schön!

Es war Weihnachten!

15. Heute kochen wir!

Zu unserem Pflegeheim gehört auch eine Wohn-Trainings-Einrichtung, in der die Bewohner in einem Einfamilienhaus leben und lernen, selbstständig zu leben, mit vielen Rechten, aber auch Pflichten.

Zu meinen Aufgaben gehörte es, den Überblick zu behalten, ob es klappte mit Sauberkeit und Ordnung und den verschiedenen Aufgaben, wie Straße kehren, Rasen mähen, Garten pflegen, und vielem mehr.

Da ich mit einem praktischen Geist gesegnet bin, kam mir die Idee, Kochstunden anzubieten. Ich fragte nach, ob Interesse bestünde und da mein Vorschlag auf begeisterte Resonanz stieß, setzte ich meine Idee gleich in die Tat um.

Ich nahm also Kochunterricht in den Wochenplan auf. Jeden Freitag war künftig Kochen dran.

In der ersten Stunde ging es um die Planung.

Ich sammelte sozusagen Ideen und Anregungen. Was aßen sie gerne, was gab es früher zuhause und wie wurde es gekocht. Waren sie als Kind in der Küche dabei? So in der Art.

Dann schritt ich zur Tat.

Ich richtete für jeden Teilnehmer eine Kochmappe und druckte je ein Rezept aus für die erste Kochstunde, mit genauer Schritt für Schritt-Anleitung.

Wichtig war auch, die Kosten zu bedenken. Es sollte kein teures Essen sein, sondern solide Hausmannskost, wie früher bei der Mutter. Schließlich hatten sie nicht allzu viel Geld zur Verfügung. Es musste ins Budget passen.

Als die Teilnehmer erschienen, drückte ich jedem eine Mappe in die Hand, in der sie bereits das erste Rezept vorfanden.

Wir gingen die Anleitung Schritt für Schritt durch und sie waren begeistert. So sei das kein Problem. Also legten wir los. Ich verteilte die Aufgaben. Zwei kochten Haschee, zwei die Nudeln und Gisela und ich machten den Salat. Da hatten die Männer komischerweise kein Interesse daran.

Es war erstaunlich, wie selbstständig die Männer kochten. In einer dreiviertel Stunde war das Essen fertig und wir konnten uns an den Tisch setzen. Ich war sehr zufrieden mit meinen Teilnehmern und sie mit mir auch und mit sich selbst. So ein Erfolgserlebnis tat gut und wir freuten uns alle schon auf die nächste Kochstunde und auf eine Mappe mit leckeren Rezepten, die mit der Zeit immer dicker werden würde.

16. Entspannung für alle!

Eines Tages wohnte Petra, mit Hündchen Jenny, nicht mehr in der Wohntrainingseinheit und so konnte ich meine eigene Hündin, Sandy, mitbringen, die von allen Bewohnern begeistert aufgenommen wurde und sich ihrerseits mit großzügiger Hundeliebe revanchierte.

Mir kam in den Sinn, dass wir auch Entspannung in unser Programm aufnehmen könnten. Manche Bewohner waren sehr nervös und hibbelig und ich versprach mir mit autogenem Training, Besserung der Unruhe und mehr Ausgeglichenheit. Zudem würde es mir selbst auch guttun.

Ich bestellte also ein Buch über autogenes Training, mit einer CD, darauf die passenden Übungen.

Und schon konnte es losgehen. Da ohne Kaffee niemand aus den Zimmern hervorzulocken war, gab es natürlich, wie immer, Kaffee und ein paar Plätzchen dazu, damit der Kaffee nicht so leer in den Magen plumpste.

Die Bewohner saßen erwartungsvoll um unseren großen Tisch und Herr Ommel fragte: „Was ist nun mit Entspannung? Wie soll denn das vor sich gehen?"

„Na, ihr sitzt schön entspannt und ich lasse die CD laufen. Macht einfach, was die freundliche Stimme sagt!"

„Wie langweilig!" antwortete er und die anderen Teilnehmer nickten solidarisch.

„Macht einfach mit, okay?" meinte ich.

„Na gut, aber nur weil du´s bist!" nörgelten sie im Chor.

Ich setzte mich auch in den Kreis, schenkte jedem einen Kaffee ein und los ging es. In einem Sessel lag Sandy und harrte der Dinge, die da kamen.

Eine sanfte Melodie erklang und eine ruhige Stimme erklärte uns, dass wir tief und langsam atmen sollten.

Dann sagte sie uns, wir seien ruhig und entspannt. Und - die Arme seien schwer - sowie der Reihe nach, die restlichen Körperteile.

Mir fiel es schwer zu entspannen, denn parallel zu der ruhigen Stimme hörte ich, wie der Kaffee nachgeschenkt wurde – „gluckgluckgluck" ein Streichholz angerissen wurde und eine Stimme leise flüsterte – der Angeflüsterte antwortete laut: „Hä?"

Und so ging es die ganze Zeit, bis ich aufgab und die Augen aufmachte. Alle waren wach und sahen mich grinsend an. Aber halt, da war doch ein leises

Schnarchen zu hören? Mein Blick wanderte über die Runde und blieb am verdächtigen Schnarcher hängen. - meiner Hündin Sandy, die da ganz entspannt, wie hingegossen in ihrem Sessel lag und schnarchte. Na ja, wenigstens bei ihr hatte die Entspannung gewirkt!

Dies war mein erster und letzter Versuch, Entspannungstraining mit meinen Bewohnern zu machen.

17. Hurra! Und Elvis lebt doch!

Als ich eines Tages nichtsahnend zum Tor hineinfuhr, sprang er mir neugierig entgegen.
Völlig entgeistert stellte ich das Auto irgendwie ab und schloss hastig das Tor.

Als ich auf ihn zuging, verkroch er sich hinter die Büsche und suchte auf der Terrasse von Herrn Begern und Herrn Metzger Zuflucht.
Auf mein freundliches Zureden reagierte er nicht, ganz im Gegenteil, er flüchtete!

Das halbe Seil war nutzlos an einem Pfosten festgebunden, die andere Hälfte hing an seinem Halsband, denn Elvis war ein wunderschöner Geißbock. Hellbraun-, dunkelbraun- und weißgescheckt.
Als ich mich ihm vorsichtig näherte, fing er an zu pinkeln, wobei ich deutlich erkennen konnte, dass Elvis keine Geiß war.
Er war ein wirklich wunderschöner Ziegenbock, der zwar über die typischen Ziegenaugen verfügte, dem jedoch der bösartige Blick fehlte, der Ziegen meist zu eigen ist. Er schaute mich mit treuen, sanften Augen an und machte eher einen

ängstlichen Eindruck auf mich.

Mein Herz schmolz sofort dahin. Der arme Kerl, sicher hatte er Heimweh und dann so angebunden und ohne Strohunterlage zu sein – da hätte ich das Seil auch durchgebissen an seiner Stelle.

Im Laufe des Tages wurde er immer zutraulicher und ließ sich von mir auf und unter dem Kopf streicheln.

Es war wirklich schön. Die Folge davon war, dass ich auch ein wenig nach Ziegenbock roch, so dass meine Kollegin, die zum Spätdienst kam, entsetzt die Nase rümpfte.

Ich muss allerdings sagen, dass mir das gar nicht auffiel, weil so ziemlich das ganze Haus nach ihm roch. Das haben Ziegenböcke nun mal so an sich und es ist auch nicht weiter schlimm. Nur etwas gewöhnungsbedürftig. Mit der Zeit nimmt man das gar nicht mehr zur Kenntnis.

Meine Familie daheim hat sich jedenfalls nicht über den Geruch beschwert, denn sie ist, genau wie ich, sehr tierlieb.

Leider mussten wir uns nach einer Weile von ihm trennen, weil er zu einem raffinierten Ausbrecherkönig mutierte und besonders gern die Betten der Bewohner aufsuchte, um darin sein Geschäft zu machen. Leider konnten wir dies nicht dulden und mussten ihn wieder weggeben. Ich

hoffe, er hat es gut getroffen und einen Harem von lieben Geißen zugesellt bekommen.
Er ist nämlich etwas ganz Besonderes, der Elvis.

Er ist Elvis – the King of Geißböcks!

Zur Erinnerung an meine Hündin Sandy, die mir treu zur Seite stand, so lange sie lebte.
Ich werde sie nie vergessen.